Jan Bühlbecker

Schöne Bescherung

Eine Weihnachtsgeschichte

Schöne Bescherung!

Ich hatte Heiligabend einmal
eine Lungenentzündung. Mir ging
es echt schlecht. Also lag ich
den ganzen Abend über nur auf
der Couch, neben dem
Weihnachtsbaum und habe auf ein
helles, weißes Licht gewartet
und gehofft, dass dieses (nicht)
das Christkind ist. Meine
Familie saß am Esstisch, keine
drei Meter von mir entfernt.
Seitdem bin ich Heiligabend
immer „krank". Denn das hat den
angenehmen Nebeneffekt, dass man
sich voll und ganz auf die
Dialoge, die da zwischen
Bockwurst und Kartoffelsalat,
Sauerbraten und Rotkohl
beziehungsweise Suppe und

Nachtisch abgefeuert werden,
konzentrieren kann.

„Ich will, dass wir vor dem
Abendessen die Bescherung
haben", fordert meine kleine
Schwester.
„Kinder, die was wollen" kontert
meine Großmutter.
„Außerdem bekommst du doch eh
nur Socken", grinst mein Vater
und wird anschließend von meiner
Mutter geboxt.

Folgerichtig setzen sich nun
alle Beteiligten – außer mir,
ich bin ja „krank" – an den
Esstisch und sehen Mutter und
Oma dabei zu, wie sie die Töpfe
aus der Küche herüber
transportieren und auf den
Esstisch stellen, den Mutter
gedeckt hatte, während wir

anderen in die Kirche gehen
mussten, Pardon: durften.

„Ich hoffe" beginnt meine kleine
Schwester das dortige
Tischgespräch „dass ich dieses
Jahr endlich ein neues Fahrrad
bekomme – Ich will nicht mehr
jeden Morgen zur Schule laufen,
Jan musste das auch nicht, der
wurde gefahren.",

„Sprich nicht so über deinen
großen Bruder." ermahnt Mutter
sie an- schließend, doch anstatt
zu sagen: „Er ist krank.",
fährt sie fort: „Er kann dich
doch hören."

Aber Oma, ich wollte doch ein Fahrrad.
Ach, die zweite Hälfte gibt's zum Geburtstag.

„Und außerdem“ hakt Oma ein, „braucht man, bevor man Fahrrad fahren kann, erst einmal Unterwäsche.“

„Das stimmt.“ sagt Opa, der studierte Soziologe und geht auf die Bedürfnispyramide ein.

„Da ihr ja eh nicht fragt“ sagt Oma anschließend „meiner Bekannten, der Hildegard, geht es nicht besser als vorige Woche ...“,

„... was eigentlich nicht überraschend ist“ denke ich „schließlich ist sie 87 und hat u. a. eine Lungenentzündung – Das ist nicht leicht, ich weiß das, ich simuliere so etwas seit ich zehn bin.“

„Hast du was gesagt“, fragt Mutter mich deswegen.

„Der Junge hat Fiebertra¨ume.“
behauptet Oma „Aber zwei
Beerdigungen ko¨nnen wir uns
dieses Jahr sicher nicht mehr
leisten“.
„Danke.“ antworte ich.
„Ach,“ sagt Oma, „wird schon
wieder“.
„Aber wieso“ fragt Vater „kannst
du eigentlich so gut sprechen;
ich dachte du bist krank?“
Ich ro¨chle und Mutter boxt
Vater erneut.

Die gierigen Mäuler beginnen
sich ans Essen ran zu machen.
Mir hat man ein Glas Wasser und
die Salzstangen, die vom letzten
Jahr übrig geblieben sind,
gereicht.
„Nur schade" findet Mutter,
„dass es dieses Jahr nicht
schneit".
„Wann war das Jahr noch mal,"
fragt Oma deswegen „in dem es so
stark geschneit hat?"
„1942" antwortet Opa, Vater
lacht, Mutter boxt ihn und sagt:
„Ich glaube, das war vor zwei
Jahren.
„Mmh." macht Oma.
„Hatte Jan nicht
Geschichtsleistungskurs?" fragt
meine kleine Schwester, die
anderen lachen und niemand boxt

irgendwen.
Auch mal schön.

Apropos:

„Ich mag Schnee übrigens nicht
besonders", sagt mein Vater,
dann „der lässt sich doch hier
nur nieder und bleibt den ganzen
Tag nur liegen“.
„Unverschämt“ nickt auch Opa
„und was glaubt ihr eigentlich,
wie viele schneebedingte
Unfälle es schon gab, weil
Jemand gestolpert und
hingefallen ist?“
„Na?“ fragt Mutter.
„Also ich weiß da jetzt auch
keine genaue Zahl", antwortet
Opa, „aber bestimmt waren es
sehr, sehr viele, nehme ich an“.
Oma sagt: „Ich finde, man muss

das schon differenzierter
betrachten: Ich meine, viele
Schneeflocken kommen ja, weil
sie hoch oben im Norden durch
die Androhung von Streusalz
bedroht sind".
„Und außerdem" ergänzt Mutter
„müssen wir ja gerade in Bezug
auf den demographischen, äh,
ich meine den Klimawandel
dankbar sein, wenn so ein paar
besonders feste Schneeflocken zu
uns dazu kommen".
„Ich finde" sagt meine Schwester
„Schnee sieht vor allen Dingen
gut aus ... Er ist ja weiß."
Vater lacht, Mutter boxt ihn
erneut.

KEIN
ALLEIN

„Der Weihnachtsbaum sieht dieses Jahr im Übrigen wieder besonders gut aus", findet Oma.
„Hast du den nicht geschmückt", fragt meine kleine Schwester unbeholfen.
Vater grinst daraufhin sehr beholfen und wird folgerichtig von meiner Mutter geboxt.
„Ich find ihn schön." sagt sie dabei.
„Schon" kommentiert nun auch Opa „und trotzdem war früher mehr Lametta".

Anschließend gibt es Nachtisch.
Oder in meinem Fall:
Salzstangenkrümel.

Nach diesem Gang beginnt meine
Schwester unruhig auf ihrem
Stuhl hin und her zu zappeln.
Mutter grinst. Vater boxt sie
dafür aber nicht.

Oma fragt: „Wollen wir noch ein
Glas Wein trinken?“
Opa grinst, Mutter boxt Opa und
meine kleine Schwester zischt.
„War nur ein Spaß", behauptet
Oma deswegen „aber was könnten
wir stattdessen machen?“
„Bescherung! Bescherung!" ruft
meine kleine Schwester und setzt

tatsächlich die gesamte Familie
neben den Weihnachtsbaum um und
sich damit durch.

Und dann geht es los.
Oma und Opa bekommen ein wirklich romantisches Essen ohne einen Enkel, der die ganze Zeit „krank" auf der Couch liegt. Mutter bekommt einen Büchergutschein, weil sie so gerne liest. Vater bekommt eine Spülmaschinen, weil ja nicht mehr 1950 ist.

Und meine kleine Schwester sieht sich mit einem Paar ranziger Laufschuhe konfrontiert, die sie anschließend – nachdem sie in ihnen einen kleinen Schlüssel gefunden hat – sofort anzieht und zur Garage rennt, vor der sie sich dann einem neuen Fahrrad gegenüber sieht.

Und ich bekomme die Kraft
aufzustehen — Denn, wenn man gar
nicht mehr so tut, als müsste
das Weihnachtsessen etwas ganz
Besonderes sein, dann wird es
das manchmal von ganz allein.

In diesem Sinne:

Frohe Weihnachten!

SEXIST-ISCHER EINWURF?

LÄSST ES UNKOM-MENTIERT UND ERMÖ-GLICHT ES DADURCH.

Früher war mehr *Lametta!*

KONSUM-GEDANKEN

HAT ER GERADE „Hust hust" GESAGT?

„hust" „hust!"

KEIN MENSCH

Ich wünschte, sie würde mich nicht mit Samt-handschuhen anfassen. Ich will doch einfach die Zeit genießen. Wieso ist meine Tochter so distanziert und immer nervös? Ich mach mir nicht mehr...

In Dokumente und Dateina

ich kann es auch nicht ändern.

...kay, keine Sorge. Alles wird gut.
...nte einfach darauf, alle Stressfaktoren
...ir Papa zu umgehen, damit sich
...in Zustand nicht verschlechtert.
...cker bleiben. Bloss nicht angespannt
...irken. Fuck, dass ist doch alles
... seltsam. Man kann nichts
...achen und jedes Jahr ist das
...onzept von Normalität und Nähe
...eniger greifbar... Niemand will
...as, niemand kann es stoppen. Oh
...ott, wieso ist Weihnachten
...siner der traurigsten Tage...?
SMALL TALK
Mama? Was ist mit unserer Wohnung passiert?!
Oh guter Gott! Komm Schatz, wir müssen los. Hier ist es nicht sicher.

Mehr zu Jan Bühlbecker:

Jan Bühlbecker, geboren 1995, kommt aus Bochum, wo er heute noch lebt.

Seit zehn Jahren tritt er im gesamten deutschsprachigen Raum auf, vorzugsweise bei Poetry Slams.

Neben seiner künstlerischen Tätigkeit engagiert er sich vor allem politisch und gewerkschaftlich.

Von Jan Bühlbecker sind bereits weitere Bücher erschienen: **"Märchen nach Corona - Quarantäne hinter den sieben Bergen"** ist ein Comicband, **"Am Weltfrieden arbeiten wir noch, aber dieses Buch ist schon mal fertig"** eine Textsammlung. Außerdem hat er einige Krippenspiele veröffentlicht.

Mehr zu Jan Bühlbecker gibt es unter **www.jan-buehlbecker.de** sowie auf - wirklich allen - gängigen social Media Plattformen.

Mehr Besinnlichkeit:

Alle drei Krippenspiele sind in jeder Buchhandlung bestellbar.